OU ISTO
OU AQUILO

EDIÇÃO COMEMORATIVA
1964-2024
60 ANOS

CECÍLIA MEIRELES
OU ISTO OU AQUILO

ILUSTRAÇÕES ODILON MORAES

ORGANIZAÇÃO **WALMIR AYALA**

São Paulo
2024

SUMÁRIO

Colar de Carolina 7
Pescaria 8
Moda da menina trombuda 9
O cavalinho branco 10
Jogo de bola 11
Tanta tinta 12
Bolhas 13
Leilão de jardim 14
Rio na sombra 15
Os carneirinhos 16
A bailarina 17
O mosquito escreve 18
A lua é do Raul 19
Sonhos da menina 20
O menino azul 21
As meninas 22
Rômulo rema 23
As duas velhinhas 24
O último andar 25
Canção de Dulce 26
A língua do nhem 27

Cantiga da babá	28
A avó do meninó	29
O vestido de Laura	30
Enchente	31
Roda na rua	32
O eco	33
Rola a chuva	34
O menino dos ff e rr	35
Uma palmada bem dada	36
O tempo do temporal	37
A flor amarela	38
Canção da flor da pimenta	39
Na sacada da casa	40
O violão e o vilão	41
Procissão de pelúcia	42
Sonho de Olga	43
Os pescadores e as suas filhas	44
Jardim da igreja	45
Uma flor quebrada	46
O sonho e a fronha	47
A folha na festa	48

O chão e o pão	49
A égua e a água	50
Passarinho no sapé	51
A pombinha da mata	52
Cantiga para adormecer Lúlu	53
Lua depois da chuva	54
Pregão do vendedor de lima	55
Figurinhas	56
A chácara do Chico Bolacha	58
Canção	59
O lagarto medroso	60
Para ir à Lua	61
O Santo no monte	62
Ou isto ou aquilo	63
Nota do organizador à 5ª edição	64

COLAR DE CAROLINA

Com seu colar de coral,
Carolina
corre por entre as colunas
da colina.

O colar de Carolina
colore o colo de cal,
torna corada a menina.

E o sol, vendo aquela cor
do colar de Carolina,
põe coroas de coral

nas colunas da colina.

PESCARIA

Cesto de peixes no chão.

Cheio de peixes, o mar.

Cheiro de peixe pelo ar.

E peixes no chão.

Chora a espuma pela areia,
na maré cheia.

As mãos do mar vêm e vão,
as mãos do mar pela areia
onde os peixes estão.

As mãos do mar vêm e vão,
em vão.
Não chegarão
aos peixes do chão.

Por isso chora, na areia,
a espuma da maré cheia.

MODA DA MENINA TROMBUDA

É a moda
da menina muda
da menina trombuda
que muda de modos
e dá medo.

(A menina mimada!)

É a moda
da menina muda
que muda
de modos
e já não é trombuda.

(A menina amada!)

O CAVALINHO BRANCO

À tarde, o cavalinho branco
está muito cansado:

mas há um pedacinho do campo
onde é sempre feriado.

O cavalo sacode a crina
loura e comprida

e nas verdes ervas atira
sua branca vida.

Seu relincho estremece as raízes
e ele ensina aos ventos

a alegria de sentir livres
seus movimentos.

Trabalhou todo o dia tanto!
desde a madrugada!

Descansa entre as flores, cavalinho branco
de crina dourada!

JOGO DE BOLA

A bela bola
rola:
a bela bola do Raul.

Bola amarela,
a da Arabela.

A do Raul,
azul.

Rola a amarela
e pula a azul.

A bola é mole,
é mole e rola.

A bola é bela,
é bela e pula.

É bela, rola e pula,
é mole, amarela, azul.

A de Raul é de Arabela,
e a de Arabela é de Raul.

TANTA TINTA

Ah! menina tonta,
toda suja de tinta
mal o sol desponta!

(Sentou-se na ponte,
muito desatenta...
E agora se espanta:
Quem é que a ponte pinta
com tanta tinta?...)

A ponte aponta
e se desaponta.
A tontinha tenta
limpar a tinta,
ponto por ponto
e pinta por pinta...

Ah! a menina tonta!
Não viu a tinta da ponte!

BOLHAS

Olha a bolha d'água
no galho!
Olha o orvalho!

Olha a bolha de vinho
na rolha!
Olha a bolha!

Olha a bolha na mão
que trabalha!

Olha a bolha de sabão
na ponta da palha:
brilha, espelha
e se espalha.
Olha a bolha!

Olha a bolha
que molha
a mão do menino:

a bolha da chuva da calha!

LEILÃO DE JARDIM

Quem me compra um jardim com flores?

borboletas de muitas cores,

lavadeiras e passarinhos,

ovos verdes e azuis nos ninhos?

Quem me compra este caracol?

Quem me compra um raio de sol?

Um lagarto entre o muro e a hera,

uma estátua da Primavera?

Quem me compra este formigueiro?

E este sapo, que é jardineiro?

E a cigarra e a sua canção?

E o grilinho dentro do chão?

(Este é o meu leilão!)

RIO NA SOMBRA

Som
frio.

Rio
sombrio.

O longo som
do rio
frio.

O frio
bom,
do longo rio.

Tão longe,
tão bom,
tão frio
o claro som
do rio
sombrio!

OS CARNEIRINHOS

Todos querem ser pastores,
quando encontram, de manhã,
os carneirinhos,
enroladinhos
como carretéis de lã.

Todos querem ser pastores
e ter coroas de flores
e um cajadinho na mão
e tocar uma flautinha
e soprar numa palhinha
qualquer canção.

Todos querem ser cantores
quando a Estrela da Manhã
brilha só, no céu sombrio,
e, pela margem do rio,
vão descendo os carneirinhos
como carretéis de lã...

A BAILARINA

Esta menina
tão pequenina
quer ser bailarina.

Não conhece nem dó nem ré
mas sabe ficar na ponta do pé.

Não conhece nem mi nem fá
mas inclina o corpo para cá e para lá.

Não conhece nem lá nem si,
mas fecha os olhos e sorri.

Roda, roda, roda com os bracinhos no ar
e não fica tonta nem sai do lugar.

Põe no cabelo uma estrela e um véu
e diz que caiu do céu.

Esta menina
tão pequenina
quer ser bailarina.

Mas depois esquece todas as danças,
e também quer dormir como as outras crianças.

O MOSQUITO ESCREVE

O mosquito pernilongo
trança as pernas, faz um *M*,
depois, treme, treme, treme,
faz um *O* bastante oblongo,
faz um *S*.

O mosquito sobe e desce.
Com artes que ninguém vê,
faz um *Q*,
faz um *U* e faz um *I*.

Esse mosquito
esquisito
cruza as patas, faz um *T*.
E aí,
se arredonda e faz outro *O*,
mais bonito.

Oh!
Já não é analfabeto
esse inseto,
pois sabe escrever seu nome.

Mas depois vai procurar
alguém que possa picar,
pois escrever cansa,
não é, criança?

E ele está com muita fome.

A LUA É DO RAUL

Raio de lua.
Luar.
Luar do ar
azul.

Roda da lua.
Aro da roda
na tua
rua, Raul!

Roda o luar
na rua
toda
azul.

Roda o aro da lua.

Raul,
a lua é tua,
a lua da tua rua!

A lua do aro azul.

SONHOS DA MENINA

A flor com que a menina sonha
está no sonho?
ou na fronha?

Sonho
risonho:

O vento sozinho
no seu carrinho.

De que tamanho
seria o rebanho?

A vizinha
apanha
a sombrinha
de teia de aranha...

Na lua há um ninho
de passarinho.

A lua com que a menina sonha
é o linho do sonho
ou a lua da fronha?

O MENINO AZUL

O menino quer um burrinho
para passear.
Um burrinho manso,
que não corra nem pule,
mas que saiba conversar.

O menino quer um burrinho
que saiba dizer
o nome dos rios,
das montanhas, das flores,
– de tudo o que aparecer.

O menino quer um burrinho
que saiba inventar
histórias bonitas
com pessoas e bichos
e com barquinhos no mar.

E os dois sairão pelo mundo
que é como um jardim
apenas mais largo
e talvez mais comprido
e que não tenha fim.

(Quem souber de um burrinho desses,
pode escrever
para a Rua das Casas,
Número das Portas,
ao Menino Azul que não sabe ler.)

AS MENINAS

Arabela
abria a janela.

Carolina
erguia a cortina.

E Maria
olhava e sorria:
      "Bom dia!"

Arabela
foi sempre a mais bela.

Carolina,
a mais sábia menina.

E Maria
apenas sorria:
      "Bom dia!"

Pensaremos em cada menina
que vivia naquela janela;
uma que se chamava Arabela,
outra que se chamou Carolina.

Mas a nossa profunda saudade
é Maria, Maria, Maria,
que dizia com voz de amizade:
      "Bom dia!"

RÔMULO REMA

Rômulo rema no rio.

A romã dorme no ramo,
a romã rubra. (E o céu.)

O remo abre o rio.
O rio murmura.

A romã rubra dorme
cheia de rubis. (E o céu.)

Rômulo rema no rio.

Abre-se a romã.
Abre-se a manhã.

Rolam rubis rubros do céu.

No rio,
Rômulo rema.

AS DUAS VELHINHAS

Duas velhinhas muito bonitas,
Mariana e Marina,
estão sentadas na varanda:
Marina e Mariana.

Elas usam batas de fitas,
Mariana e Marina,
e penteados de tranças:
Marina e Mariana.

Tomam chocolate, as velhinhas,
Mariana e Marina,
em xícaras de porcelana:
Marina e Mariana.

Uma diz: "Como a tarde é linda,
não é, Marina?"
A outra diz: "Como as ondas dançam,
não é, Mariana?"

"Ontem, eu era pequenina",
diz Marina.
"Ontem, nós éramos crianças",
diz Mariana.

E levam à boca as xicrinhas,
Mariana e Marina,
as xicrinhas de porcelana:
Marina e Mariana.

Tomam chocolate, as velhinhas,
Mariana e Marina.
E falam de suas lembranças,
Marina e Mariana.

O ÚLTIMO ANDAR

No último andar é mais bonito:
do último andar se vê o mar.
É lá que eu quero morar.

O último andar é muito longe:
custa-se muito a chegar.
Mas é lá que eu quero morar.

Todo o céu fica a noite inteira
sobre o último andar.
É lá que eu quero morar.

Quando faz lua, no terraço
fica todo o luar.
É lá que eu quero morar.

Os passarinhos lá se escondem,
para ninguém os maltratar:
no último andar.

De lá se avista o mundo inteiro:
tudo parece perto, no ar.
É lá que eu quero morar:

no último andar.

CANÇÃO DE DULCE

Dulce, doce Dulce,
menina do campo,
de olhos verdes de água
de água e pirilampo.

Doce Dulce, doce
dócil, estendendo
pelo sol lençóis
entre anil e vento.

Dócil, doce Dulce
de face vermelha,
doce rosa airosa
a fugir da abelha

da abelha, de vespas
e besouros tontos,
pelo arroio de ouro
de seixos redondos...

A LÍNGUA DO NHEM

Havia uma velhinha
que andava aborrecida
pois dava a sua vida
para falar com alguém.

    E estava sempre em casa
    a boa da velhinha,
    resmungando sozinha:
    nhem-nhem-nhem-nhem-nhem-nhem...

O gato que dormia
no canto da cozinha
escutando a velhinha,
principiou também

    a miar nessa língua
    e se ela resmungava,
    o gatinho a acompanhava:
    nhem-nhem-nhem-nhem-nhem-nhem...

Depois veio o cachorro
da casa da vizinha,
pato, cabra e galinha,
de cá, de lá, de além,

    e todos aprenderam
    a falar noite e dia
    naquela melodia
    nhem-nhem-nhem-nhem-nhem-nhem...

De modo que a velhinha
que muito padecia
por não ter companhia
nem falar com ninguém,

    ficou toda contente,
    pois mal a boca abria
    tudo lhe respondia:
    nhem-nhem-nhem-nhem-nhem-nhem...

CANTIGA DA BABÁ

Eu queria pentear o menino
como os anjinhos de caracóis.
Mas ele quer cortar o cabelo,
porque é pescador e precisa de anzóis.

    Eu queria calçar o menino
    com umas botinhas de cetim.
    Mas ele diz que agora é sapinho
    e mora nas águas do jardim.

Eu queria dar ao menino
umas asinhas de arame e algodão.
Mas ele diz que não pode ser anjo,
pois todos já sabem que ele é índio e leão.

    (Este menino está sempre brincando,
        dizendo-me coisas assim.
    Mas eu bem sei que ele é um anjo escondido,
        um anjo que troça de mim.)

A AVÓ DO MENINÓ

A avó
vive só.
Na casa da avó
o galo liró
faz "cocorocó!"
A avó bate pão de ló
e anda um vento-t-o-tó
na cortina de filó.

A avó
vive só.
Mas se o neto meninó
mas se o neto Ricardó
mas se o neto travessó
vai à casa da vovó,
os dois jogam dominó.

O VESTIDO DE LAURA

O vestido de Laura
é de três babados,
todos bordados.

O primeiro, todinho,
todinho de flores
de muitas cores.

No segundo, apenas
borboletas voando,
num fino bando.

O terceiro, estrelas,
estrelas de renda
– talvez de lenda...

O vestido de Laura
vamos ver agora,
sem mais demora!

Que as estrelas passam,
borboletas, flores
perdem suas cores.

Se não formos depressa,
acabou-se o vestido
todo bordado e florido!

ENCHENTE

Chama o Alexandre!
Chama!

Olha a chuva que chega!
É a enchente.
Olha o chão que foge com a chuva...

Olha a chuva que encharca a gente.
      Põe a chave na fechadura.
Fecha a porta por causa da chuva,
      olha a rua como se enche!

Enquanto chove, bota a chaleira
no fogo: olha a chama! olha a chispa!
Olha a chuva nos feixes de lenha!

Vamos tomar chá, pois a chuva
é tanta que nem de galocha
se pode andar na rua cheia!

Chama o Alexandre!
Chama!

RODA NA RUA

Roda na rua
a roda do carro.

Roda na rua
a roda das danças.

A roda na rua
rodava no barro.

Na roda da rua
rodavam crianças.

O carro, na rua.

O ECO

O menino pergunta ao eco
onde é que ele se esconde.
Mas o eco só responde: "Onde? Onde?"

O menino também lhe pede:
"Eco, vem passear comigo!"

Mas não sabe se o eco é amigo
ou inimigo.

Pois só lhe ouve dizer:
"Migo!"

ROLA A CHUVA

O frio arrepia
a moça arredia.

Arre
que arrelia!

Na rua rola a roda...
Arreda!
A rola arrulha na torre.

A chuva sussurra.

Rola a chuva
rega a terra
rega o rio
rega a rua.

E na rua a roda rola.

O MENINO DOS FF E RR

O menino dos ff e rr
é o Orfeu Orofilo Ferreira:
Ai com tantos rr, não erres!

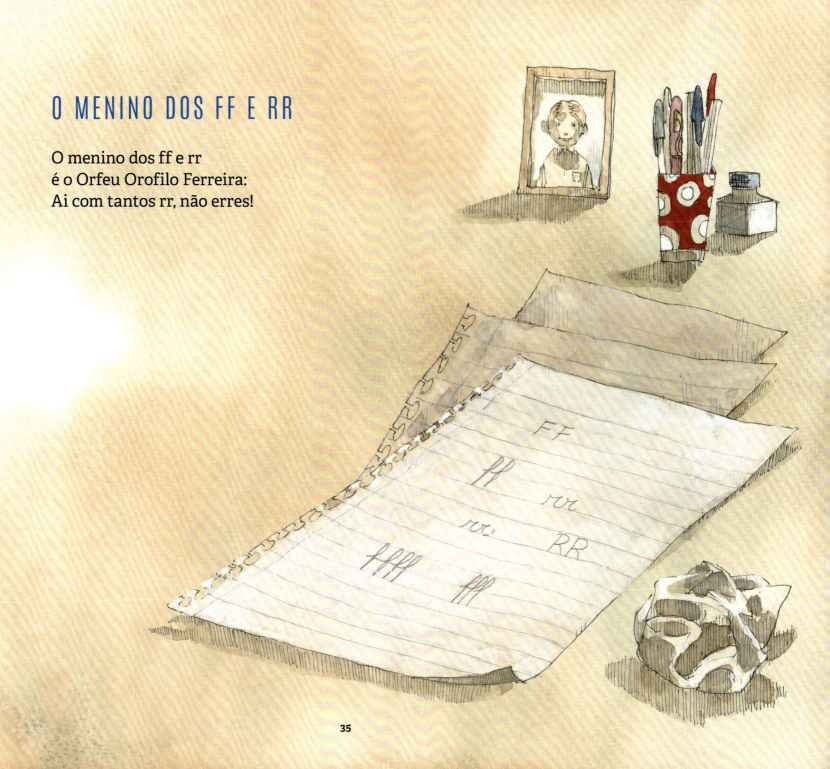

UMA PALMADA BEM DADA

É a menina manhosa
que não gosta da rosa,

que não quer a borboleta
porque é amarela e preta,

que não quer maçã nem pera
porque tem gosto de cera,

que não toma leite
porque lhe parece azeite,

que mingau não toma
porque é mesmo goma,

que não almoça nem janta
porque cansa a garganta,

que tem medo do gato
e também do rato,

e também do cão
e também do ladrão,

que não calça meia
porque dentro tem areia,

que não toma banho frio
porque sente arrepio,

que não quer banho quente
porque calor sente,

que a unha não corta
porque sempre fica torta,

que não escova os dentes
porque ficam dormentes,

que não quer dormir cedo
porque sente imenso medo,

que também tarde não dorme
porque sente um medo enorme,

que não quer festa nem beijo,
nem doce nem queijo...

Ó menina levada,
quer uma palmada?

Uma palmada bem dada
para quem não quer nada!

O TEMPO DO TEMPORAL

O tempo
do temporal.
O templo ao tempo
ao ar
e ao pó
do temporal.
E o doente ao pé do templo.
E o temporal no poente.
E o pó no doente.

O tempo do doente.

O ar, o pó do poente.
O temporal do tempo.

A FLOR AMARELA

Olha
a janela
da bela
Arabela.

Que flor
é aquela
que Arabela
molha?

É uma flor amarela.

CANÇÃO DA FLOR DA PIMENTA

A flor da pimenta é uma pequena estrela,
                  fina e branca,
              a flor da pimenta.

Frutinhas de fogo vêm depois da festa
                  das estrelas.
                  Frutinhas de fogo.

Uns coraçõezinhos roxos, áureos, rubros,
                  muito ardentes.
                  Uns coraçõezinhos.

E as pequenas flores tão sem firmamento
                  jazem longe.
                  As pequenas flores...

Mudaram-se em farpas, sementes de fogo
                  tão pungentes!
                  Mudaram-se em farpas.

Novas se abrirão,
                  leves,
brancas,
                  puras,
deste fogo,
                  muitas estrelinhas...

NA SACADA DA CASA

Na
sacada
a saca
da caçada.
Na sacada da casa.
E a casada
na calçada.

Quem se casa
de casaca?

Na sacada da casa
a saca.
Na saca, a asa.
Asa e alça.
A saca da caça.

Quem se alça
da sacada
para a calçada?
A menina descalça.
A menina calada.

E na calçada da casa,
a casada.

O VIOLÃO E O VILÃO

Havia a viola da vila.
A viola e o violão.

Do vilão era a viola.
E da Olívia o violão.

O violão da Olívia dava
vida à vila, à vila dela.

O violão duvidava
da vida, da viola e dela.

Não vive Olívia na vila,
na vila nem na viola.
O vilão levou-lhe a vida,
levando o violão dela.

No vale, a vila de Olívia
vela a vida
no seu violão vivida
e por um vilão levada.

Vida de Olívia – levada
por um vilão violento.
Violeta violada
pela viola do vento.

PROCISSÃO DE PELÚCIA

Aonde é que vai o praça

que passa
de peliça,
com pressa,
na praça?

Ia pôr uma compressa
depressa
no rei da Prússia?

Mas o praça
não sabe o preço
para ir da praça
à Prússia.

E não há Prússia
nem praça
nem peliça
nem compressa
nem praça
nem preço
nem pressa...

Há uma procissão
que passa
que passa na praça

só com preces
de pelúcia...

SONHO DE OLGA

A espuma escreve
com letras de alga
o sonho de Olga.

Olga é a menina que o céu cavalga
em estrela breve.

Olga é a menina que o céu afaga
e o seu cavalo em luz se afoga
e em céu se apaga.

A espuma espera
o sonho de Olga.

A estrela de Olga chama-se Alfa.
Alfa é o cavalo de estrela de Olga.

Quando amanhece, Olga desperta
e a espuma espera
o sonho de Olga,

a espuma escreve
com letras de alga
a cavalgada da estrela Alfa.

A espuma escreve com algas na água
o sonho de Olga...

OS PESCADORES E AS SUAS FILHAS

Os pescadores dormiam
cansados, ao sol, nos barcos.

As filhinhas dos pescadores
brincavam na praça, de mãos dadas.

As filhinhas dos pescadores
cantavam cantigas de sol e de água.

Os pescadores sonhavam
com seus barcos carregados.

Os pescadores dormiam
cansados de seu trabalho.

As filhinhas dos pescadores
falavam de beijos e abraços.

Em sonho, os pescadores sorriam.
As meninas cantavam tão alto

que até no sonho dos pescadores
boiavam as suas palavras.

JARDIM DA IGREJA

Dalila e Lélia,
e Júlia e Eulália
cortavam dálias.

Dalila e Lélia,
Eulália e Júlia
cantavam dúlias.

Dálias e dúlias
e harpas eólias...

E a alada lua
– alta camélia?
– célia magnólia?

UMA FLOR QUEBRADA

A raiz era a escrava,
descabelada negrinha
que dia e noite ia e vinha
e para a flor trabalhava.

E a árvore foi tão bela!
como um palácio. E o vento
pediu em casamento
a grande flor amarela.

Mas a festa foi breve,
pois era um vento tão forte
que em vez de amor trouxe morte
à airosa flor tão leve.

E a raiz suspirava
com muito sentimento.
Seu trabalho onde estava?
Todo perdido com o vento.

O SONHO E A FRONHA

Sonho risonho
na fronha de linho.
Na fronha de linho,
a flor sem espinho.

Apanho a lenha
para o vizinho.

E encontro o ninho
de passarinho.

De que tamanho
seria o rebanho?

Não há quem venha
pela montanha
com a minha sombrinha
de teia de aranha?

Sonho o meu sonho.
A flor sem espinho
também sonha
na fronha.

Na fronha de linho.

A FOLHA NA FESTA

Esta flor
não é da floresta.

Esta flor é da festa,
esta é a flor da giesta.

É a festa da flor
e a flor está na festa.

(E esta folha?
Que folha é esta?)

Esta folha não é da floresta.

Esta folha não é da giesta.

Não é folha de flor.
Mas está na festa.

Na festa da flor
da flor da giesta.

O CHÃO E O PÃO

O chão.
O grão.
O grão no chão.

O pão.
O pão e a mão.
A mão no pão.

O pão na mão.
O pão no chão?
Não.

A ÉGUA E A ÁGUA

A égua olhava a lagoa
com vontade de beber água.

A lagoa era tão larga
que a égua olhava e passava.

Bastava-lhe uma poça d'água,
ah! mas só daqui a algumas léguas.

E a égua a sede aguentava.

A égua andava agora às cegas
de olhos vagos nas terras vagas,
buscando água.

Grande mágoa!

Pois o orvalho é uma gota exígua
e as lagoas são muito largas.

PASSARINHO NO SAPÉ

O P tem papo
o P tem pé.
É o P que pia?

(Piu!)

Quem é?
O P não pia:
O P não é.
O P só tem papo
e pé.

Será o sapo?
O sapo não é.

(Piu!)

É o passarinho
que fez seu ninho
no sapé.

Pio com papo.
Pio com pé.
Piu-piu-piu:
Passarinho.

Passarinho
no sapé.

A POMBINHA DA MATA

Três meninos na mata ouviram
uma pombinha gemer.

"Eu acho que ela está com fome",
disse o primeiro,
"e não tem nada para comer."

Três meninos na mata ouviram
uma pombinha carpir.

"Eu acho que ela ficou presa",
disse o segundo,
"e não sabe como fugir."

Três meninos na mata ouviram
uma pombinha gemer.

"Eu acho que ela está com saudade",
disse o terceiro,
"e com certeza vai morrer."

CANTIGA PARA ADORMECER LÚLU

Lúlu, lúlu, lúlu, lúlu,
vou fazer uma cantiga
para o anjinho de São Paulo
que criava uma lombriga.

A lombriga tinha uns olhos
de rubim.
Tinha um rabo revirado
no fim.

Tinha um focinho bicudo
assim.
Tinha uma dentuça muito
ruim.

Lúlu, lúlu, lúlu, lúlu,
vou fazer uma cantiga
para o anjinho de São Paulo
que criava essa lombriga.

A lombriga devorara
seu pão,
a banana, o doce, o queijo,
o pirão.

A lombriga parecia
um leão.
E o anjinho andava triste
e chorão.

Lúlu, lúlu, lúlu, lúlu,
pois eu faço esta cantiga
para o anjinho de São Paulo
que alimentava a lombriga.

A lombriga ia ficando
maior
que o anjinho de São Paulo!
(Que horror!)

Mas um dia chega um ca-
çador!
Firma a sua pontaria,
sem rumor.

Lúlu, lúlu, lúlu, lúlu,
paro até minha cantiga
sobre o anjinho de São Paulo!

A espingarda faz pum pum!
pim pim!
O anjinho abana as asas
assim.

A lombriga salta fora,
enfim!
(E foi correndo! E tocava
bandolim!)

LUA DEPOIS DA CHUVA

Olha a chuva:
molha a luva.

Cada gota de água
como um bago de uva.

A chuva lava a rua.
A viúva leva
o guarda-chuva
e a luva.

Olha a chuva:
molha a luva
e o guarda-chuva
da viúva.

Vai a chuva
e chega a lua:
lua de chuva.

PREGÃO DO VENDEDOR DE LIMA

Lima rima
pela rama
lima rima
pelo aroma.

O rumo é que leva o remo.
O remo é que leva a rima.

O ramo é que leva o aroma
porém o aroma é da lima.

É da lima o aroma
a aromar?

É da lima-lima
lima da limeira
do ouro da lima
o aroma de ouro
do ar!

FIGURINHAS

I

No claro jardim
a menina chora
pela borboleta
que se foi embora.

    Ora, ora, ora,
    Não chore tanto!
    Nossa Senhora!

A menina chora
no claro jardim
um choro sem fim.

    Nem o céu azul
    é bonito, agora,
    pois a borboleta
    já se foi embora.

Não chore tanto!
Nossa Senhora!

    Que choro sem fim
    a menina chora
    no claro jardim.

Ora, ora, ora!

II

Onde está meu quintal
amarelo e encarnado,
com meninos brincando
de chicote-queimado,
com cigarras nos troncos
e formigas no chão,
e muitas conchas brancas
dentro da minha mão?

    E Júlia e Maria
    e Amélia onde estão?

Onde está meu anel
e o banquinho quadrado
e o sabiá na mangueira
e o gato no telhado?

    – e a moringa de barro,
    e o cheiro do alvo pão?
    e tua voz, Pedrina,
    sobre o meu coração?
    Em que altos balanços
    se balançarão?...

A CHÁCARA DO CHICO BOLACHA

Na chácara do Chico Bolacha,
o que se procura
nunca se acha!

Quando chove muito,
o Chico brinca de barco,
porque a chácara vira charco.

Quando não chove nada,
Chico trabalha com a enxada
e logo se machuca
e fica de mão inchada.

Por isso, com o Chico Bolacha,
o que se procura
nunca se acha.

Dizem que a chácara do Chico
só tem mesmo chuchu
e um cachorrinho coxo
que se chama Caxambu.

Outras coisas, ninguém procure,
porque não acha.
Coitado do Chico Bolacha!

CANÇÃO

De borco
no barco.

(De bruços
no berço...)

O braço é o barco.
O barco é o berço.

Abarco e abraço
o berço
e o barco.

Com desembaraço
embarco
e desembarco.

De borco
no berço...

(De bruços
no barco...)

O LAGARTO MEDROSO

O lagarto parece uma folha
verde e amarela.
E reside entre as folhas, o tanque
e a escada de pedra.
De repente sai da folhagem,
depressa, depressa,
olha o sol, mira as nuvens e corre
por cima da pedra.
Bebe o sol, bebe o dia parado,
sua forma tão quieta,
não se sabe se é bicho, se é folha
caída na pedra.
Quando alguém se aproxima,
– oh! que sombra é aquela? –
o lagarto logo se esconde
entre as folhas e a pedra.
Mas, no abrigo, levanta a cabeça
assustada e esperta:
que gigantes são esses que passam
pela escada de pedra?
Assim vive, cheio de medo,
intimidado e alerta,
o lagarto, (de que todos gostam)
entre as folhas, o tanque e a pedra.

Cuidadoso e curioso,
o lagarto observa.
E não vê que os gigantes sorriem
para ele, da pedra.

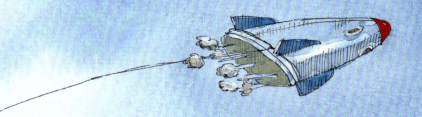

PARA IR À LUA

Enquanto não têm foguetes
para ir à Lua,
os meninos deslizam de patinete
pelas calçadas da rua.

Vão cegos de velocidade:
mesmo que quebrem o nariz,
que grande felicidade!
Ser veloz é ser feliz.

Ah! se pudessem ser anjos
de longas asas!
Mas são apenas marmanjos.

O SANTO NO MONTE

No monte,
o Santo
em seu manto,
sorria tanto!

Sorria para uma fonte
que havia no alto do monte
e também porque defronte
se via o sol no horizonte.

No monte
o Santo
em seu manto
chora tanto!

Chora – pois não há mais fonte,
e agora há um muro defronte
que já não deixa do monte
ver o sol nem o horizonte.

No monte
o Santo
em seu manto
chora tanto!

(Duro
muro
escuro!)

OU ISTO OU AQUILO

Ou se tem chuva e não se tem sol,
ou se tem sol e não se tem chuva!

Ou se calça a luva e não se põe o anel,
ou se põe o anel e não se calça a luva!

Quem sobe nos ares não fica no chão,
quem fica no chão não sobe nos ares.

É uma grande pena que não se possa
estar ao mesmo tempo nos dois lugares!

Ou guardo o dinheiro e não compro o doce,
ou compro o doce e gasto o dinheiro.

Ou isto ou aquilo: ou isto ou aquilo...
e vivo escolhendo o dia inteiro!

Não sei se brinco, não sei se estudo,
se saio correndo ou fico tranquilo.

Mas não consegui entender ainda
qual é melhor: se é isto ou aquilo.

NOTA DO ORGANIZADOR À 5ª EDIÇÃO

Você que vai ler este livro, não sei que idade terá. Não posso prever. Seja qual for, você terá uma surpresa, porque este é um livro mágico. Gostaria que você imaginasse a menina Cecília, sem pai nem mãe, apenas com sua avó Jacintha Garcia Benevides, debruçada sobre um tapete, descobrindo o mundo. Que tapete seria esse? Certamente parecido com esses que aparecem nas histórias orientais, com pássaros e flores, e muitos caminhos retorcidos onde ela imaginava o labirinto do sonho. Da solidão de menina, e da atenção sobre as coisas que passam, ou pelas quais passamos, se nutriu a poeta Cecília Meireles, que depois foi mãe, avó e mestra. Todas estas experiências estão neste livro, que é como aquele tapete povoado de mistérios. Cecília entendia as crianças. Transitou com leveza entre os netos que foram tão simples e curiosos como vocês. Foi colhendo uma coisa ali, outra acolá, um cachinho dourado de cabelo, uma birra, até um pensamento triste, e transformou tudo em matéria de vida. Mas esta Cecília tinha um amor muito especial pela palavra. E resolveu brincar, fazer ciranda com os sons, entrelaçar os fatos com rimas ingênuas, musicar o pensamento. Leia em voz alta, sinta que está cantando. Estas coisas que hoje estão na boca de todo o mundo, como medida de salvação, você pode encontrar neste livro. A paz, o amor, a solidariedade, até a solidão. Tudo é bom e bonito quando a gente acredita e pensa pra cima. Cecília também foi uma professora, mas sem regras fechadas. Ensinar como abrir a cortina de um palco, onde a beleza paira na ponta do pé, e tudo tem razão de ser. Vocês não imaginam como era o sorriso de Cecília. Tinha uma doçura e uma tolerância que só a boa mestra pode ter. De tal forma que nem era preciso mostrar-se carrancuda ou severa. Ela sorria e a gente se iluminava, como se houvesse um sino perdido anunciando boas novas. Então a gente aprendia sem muito esforço, valorizando o silêncio, aprendendo a ver, a jogar com as palavras, a descobrir um sentido novo em cada imagem. E com esta artimanha da inteligência ela ensinou coisas incríveis para crianças, como você que possivelmente me lê, e para adultos que um dia caíram na malha dourada do seu fascínio. Estou falando de poesia, estudando com aplicação a forma correta de colocar este livro em suas mãos, e de poder ajudar na descoberta de qualquer mínimo detalhe, desses que o respeito e o amor sempre conseguem revelar de forma nova. Tem um poema neste livro que me agrada sobremaneira. Ele se chama "O último andar", e Cecília diz:

No último andar é mais bonito:
do último andar se vê o mar.
É lá que eu quero morar.

Hoje Cecília mora prazerosamente no último andar, e deixou em suas mãos a música perfeita de sua canção.

Walmir Ayala
Rio de Janeiro, 1990

CECÍLIA MEIRELES nasceu em 7 de novembro de 1901, no Rio de Janeiro, onde faleceu, em 9 de novembro de 1964. Publicou seu primeiro livro, *Espectros*, em 1919, e em 1938 seu livro *Viagem* conquistou o Prêmio de Poesia da Academia Brasileira de Letras. Considerada uma das maiores vozes da poesia em língua portuguesa, foi professora, jornalista, cronista, ensaísta, autora de literatura infantojuvenil e pioneira na difusão do gênero no Brasil. Em 1965, recebeu, postumamente, o Prêmio Machado de Assis da Academia Brasileira de Letras, pelo conjunto de sua obra.

ODILON MORAES nasceu em 1966, em São Paulo. Formou-se em Arquitetura pela USP em 1992. Ainda em 1990 ilustrou seu primeiro livro e, em 1993, recebeu o Prêmio Jabuti pelas ilustrações de *A saga de Siegfried*. Seu livro de estreia como autor e ilustrador, *A princesinha medrosa*, recebeu os prêmios de Melhor Livro para Crianças e Melhor Ilustração para Crianças, em 2002, da Fundação Nacional do Livro Infantil e Juvenil (FNLIJ). Em 2004, *Pedro e Lua*, seu segundo livro como autor de texto e imagem, também recebeu o prêmio de Melhor Livro para Crianças da FNLIJ. Em 2007 ganhou o Jabuti de ilustração com o livro *O matador*. Além de ilustrar, escrever e, nas horas vagas, pintar, Odilon ministra oficinas de ilustração e história da ilustração de livros.

© Condomínio dos Proprietários dos Direitos Intelectuais de Cecília Meireles
Direitos cedidos por Solombra – Agência Literária (solombra@solombra.org)

8ª Edição, Global Editora, São Paulo 2024

Jefferson L. Alves – diretor editorial
André Seffrin – coordenação editorial
Flávio Samuel – gerente de produção
Odilon Moraes – ilustrações
Mauricio Negro – capa
Equipe Global Editora – produção editorial e gráfica

A Global Editora agradece à Solombra – Agência Literária pela gentil cessão
dos direitos de imagem de Cecília Meireles

Dados Internacionais de Catalogação na Publicação (CIP)
(Câmara Brasileira do Livro, SP, Brasil)

Meireles, Cecília, 1901-1964
   Ou isto ou aquilo : edição comemorativa de 60 anos / Cecília
Meireles ; ilustrações de Odilon Moraes. – 8. ed. – São Paulo :
Global Editora, 2024.

   ISBN 978-65-5612-626-5

   1. Poesia - Literatura infantojuvenil I. Moraes, Odilon. II. Título.

24-201084   CDD-028.5

Índices para catálogo sistemático:
1. Poesia : Literatura infantil   028.5
2. Poesia : Literatura infantojuvenil   028.5

Eliane de Freitas Leite - Bibliotecária - CRB 8/8415

Obra atualizada conforme o
NOVO ACORDO ORTOGRÁFICO DA LÍNGUA PORTUGUESA

Global Editora e Distribuidora Ltda.
Rua Pirapitingui, 111 – Liberdade
CEP 01508-020 – São Paulo – SP
Tel.: (11) 3277-7999
e-mail: global@globaleditora.com.br

grupoeditorialglobal.com.br   @globaleditora

 /globaleditora   @globaleditora

 /globaleditora   /globaleditora

 blog.grupoeditorialglobal.com.br

Direitos reservados.
Colabore com a produção científica e cultural.
Proibida a reprodução total ou parcial desta
obra sem a autorização do editor.

Nº de Catálogo: **4753**